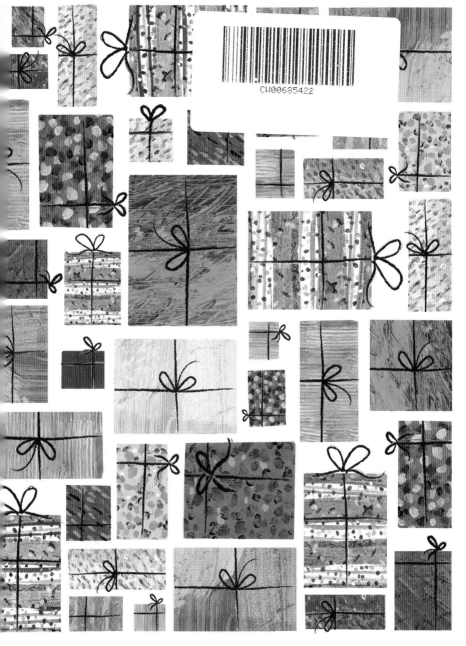

Traduzione di Augusto Macchetto

 WWW.RAGAZZIMONDADORI.IT

 MONDADORI-LIBRI PER RAGAZZI

© 2017 Eric Carle LLC
© 2019 Mondadori Libri S.p.A., Milano, per l'edizione italiana
Titolo dell'opera originale *Happy Christmas from The Very Hungry Caterpillar*
Prima edizione ottobre 2019
Printed in China
ISBN 978-88-04-71759-1

ERIC CARLE

BUON NATALE!

MONDADORI

Natale

è un tempo...

di

scintille

e

luce.

Facciamo regali

con amore...

e li riceviamo con gioia.

Condividiamo

pranzo con gli amici...

e mangiamo
tante cose
buone.

Al primo fiocco
di neve...

corriamo fuori a
giocare.

E quando scende
la notte...

n un silenzio di pace...

aspettiamo l'istante
più magico
e felice!

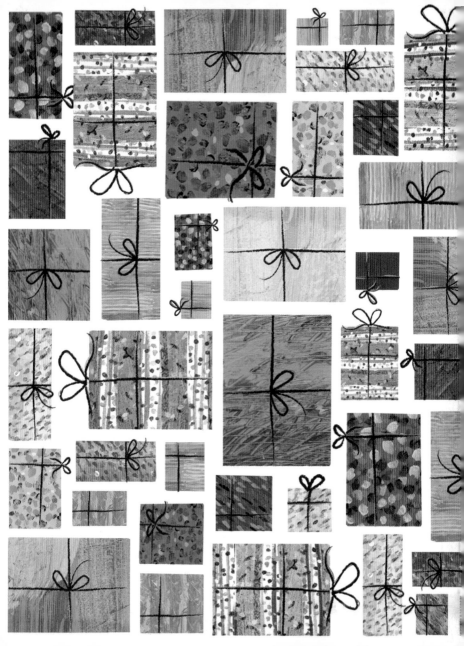